시간은 무겁다

시간은 무겁다

고광헌 시집

창비

차 례

제3부

제4부

제1부

상처를 상으로 받아야 시인이지

김경미 시인 문학상 받는 날, 예쁜 축하 화분이 왔는데요, 리본에 쓰인 글이 가슴을 때립니다

祝 受傷!

상처를 상으로 받으니 축하한다는 건데요, 세상 어떤 시보다 더 시적이더라고요, 가슴속에 죽비가 떨어지데요, 시인은 세상의 모든 상처를 한 상 받아내는 운명이잖아요

시인에게 상은 그저 아름다운 모욕이겠지요

만물일여(萬物一如)

법정 스님

속세에서 스님 모시러 온 젊은 불자 둘, 절 마루에서 수박 먹습니다 수박씨, 마당에 시원하게 뱉습니다 스님은 빗자루 들고 얼른얼른 수박씨 쓸어 저만치 두엄자리에 버립니다

불자,
"스님, 올라오셔서 같이 드십시다 먹고 저그들이 한꺼번에 쓸어버리겠습니다"

스님,
"어떻게 아는지 개미떼가 순식간에 몰려옵니다 그땐 저 생명들을 쓸다 죽이고 밟아 죽이고 그럽니다"

1975년 봄, 대법원 사형선고 뒤 하루도 안돼 죄 없는 여덟 명의 아버지와 오빠를 개미 죽이듯 죽인 뒤였습니다

어머니가 쓴 시

어머니
머리에 보자기 두르고
학교 오시던 날

누런 보리밭 옆 운동장으로
5월 하늘 새까맣게
무너지던 오후

더이상 나는
집으로 돌려보내지지 않았다

쪽 풀린 어머니의 검은 머리칼
서울 와서
가발공장 여성노동자
데모에서 보았다

평생 일해도 갚을 수 없는 수업료

그때
어머니 전생애를 잘라
조용히 머리에 두른 것이다

다시, 어머니가 쓴 시

80년대 어느날 남산터널 옆
지하실에서 나온 날

"자네,
에미가 산에 간 큰성
살릴라고 십삼년간
감악소 담벼락에
뿌린 눈물이
몇동이나 되는 줄 아는가
……"

어머니,
손을 꼭 잡아주셨다

시간처럼 무거운 물건 보지 못했네

어머니, 오늘도
왜 죽지 않느냐고
왜 목숨이 이처럼 질기냐고

날마다
시간과 전쟁을 벌이는 어머니
정말 무거운 물건은 시간이다

얼마나 두려우면
저처럼 죽음에 맞불을 놓으실까

일평생 쌓아올린 생의 품격
낱낱이 헤치면서
어린아이로 돌아가는
기품 넘치던 우리 어머니
탐진 안씨, 갑자, 례자, 지동댁

시간처럼 무거운 물건은 보지 못했네

어머니의 달리기

어느 봄날
앞집 굴뚝 밥 짓는 연기 오를 때
방장산 장군봉 봄나물 따러 간
어머니 기다리다
붉은 해 지는 것 보았네

달팽이처럼
무릎 턱밑까지 말아올리고
마룻바닥에 쓰러져
잎 트기 시작한 탱자나무 사이로
배고픈 해 지는 것 보았네

노랗게 봄 독 오른 가시에
마알간 얼굴 긁히며 쓰러지는
검은 한낮을 보았네

쌀 없는 저녁 밥상 차리러
봄나물처럼 달려오던 어머니

지금도
어머니의 싱싱한 달리기 이길 수가 없네

빈집

저 산에
홀로 피어
발길 붙드는 꽃들
이쁘다

저 빈집에
홀로 피어
발길 붙드는 꽃들
눈물난다

마흔

선부르게
이기려는 흉내 내면서
이만큼 올라왔다

발아래
자욱한 눈물천지

빈 가지
눈 맞고 선 나무들

지면서 살아간다

누님의 우물

우물 속으로
무심한 별들이 쏟아지던 밤

행여 들킬까봐
교복을 입고 싶은 누님의 흐느끼는 소리
수백년 향나무들이
숨겨주었네

밤새
얇게 여윈 잔등 쓸어주며
목젖 아래로 우시던 어머니

통신교재 갈피마다
채송화 꽃잎 같은 한숨
그날 새벽에도 누님은
향나무 우물 속에 첫 두레박을 내렸네

속이 새까맣게 탄 별들이

마냥
우물 바닥으로 쏟아져내렸네

정읍 장날

아버지, 읍내 나오시면 하굣길 늦은 오후 덕순루 데려가 당신은 보통, 아들은 곱빼기 짜장면 함께 먹습니다 짜장면 먹은 뒤 나란히 오후 6시 7분 출발하는 전북여객 시외버스 타고 집에 옵니다

배부른 중학생, 고개 쑥 빼고 검은 학생모자 꾹 눌러써봅니다

어머니, 읍내 나오시면 시장통 국숫집 데려가 나는 먹었다며 아들 국수 곱빼기 시켜줍니다 국수 먹인 뒤 어머니, 아들에게 전북여객 타고 가라며 정거장으로 밀어냅니다 당신은 걸어가겠답니다

심술난 중학생, 돌멩이 툭툭 차며 어머니 뒤따라 집에 옵니다

즐거운 추억

1

체육시험에서 미(美) 한번 받아보지 못한
여학생에게
방과후 배구수업을 했네

활짝 펴지 못한 손가락 끝에 약속처럼
꼭 한번 닿은 뒤 공은 떨어지네
협심증 가진 그애의 심장박동처럼

첫술에 배부르지 않는다는 말, 알지?
하루, 사흘, 일주일
한 달을 받아올리네

어느날, 이마 위에 반듯하게 올려놓은 하늘
활짝 핀 열 개의 분홍 꽃가지
부풀어오른 목련송이 툭툭 받아올리네

몸이 아주 천천히

시간을 지배하는 것을 보았네

2

난생처음 수(秀)를 받은 그애가
어머니와 교무실에 들어오네
나는,
수줍음 감추고 거침없이
화사한 촌지를 받네

『이 시대의 사랑』
철없는 서른살 선생이 '서른'이 꽂혀 있는
최승자 시인을 촌지로 받았네

내 몸이
최루탄이 산발하던 시간 속으로 달리기 시작했네

3

가르친다는 것

누구 앞에 선다는 것은

배우는 일이라는 걸 알았네

강수진

쏟아져내리는 중력은
얼마나 무력한가
열 개의 발가락이
온몸을 허공으로 떠받칠 때
바람처럼 자유로워져 완성되는 화폭
스스로 던진 몸은 아름답다

변화가 변화를 부르는 몸의 사유
마루와 허공,
생의 가장 낮은 자리에서
깨지고 튀어나가 부서지면서
결박을 풀어헤치는 육체의 분절
마침내 솟아올라
아름다움의 경계가 사라진다

육신으로 피워올린
거룩한 절창
맨 밑바닥에 살고 있는 중심은

얼마나 위대한가
웃자란 발가락뼈들이 모여 차오르는 미학

그대, 그 어딘가에 한 몸 던져본 일 있는가
온몸을 부려 자유를 만나보았는가
오늘밤 그녀,
온몸으로 서사시 한 편 밀어올린다

노래

비우지 않고
소리 채울 수 없다지만
버리지 않고
크게 울 수 없다지만

나, 저무는 5월
미처 채우지 못한
노랠 불러야겠네

다들 이제 끝났다고
발길 돌릴 때
혼자 기어코 울어버린 사내를 위해
노랠 불러야겠네
저 넘쳐나는 눈물 불러온 경계 위에서
오늘, 기어코 노랠 불러야겠네

너를 위해
처음부터 비우고

나를 위해 마지막까지 울어버린
한 사내를 위해

기다리다 홀로
노래가 되어버린 사내를 위해
차마 소리가 되지 않는 노랠 불러야겠네

내 노래, 아무도 듣지 않았으면 좋겠네

나무들은 반듯하다

참 많이 싸웠다
서울살이 이십오년
이제 반성문을 써야 한다

유일하게 평화로 남은
유년의 시간
포근한 은행나무 아래서
무릎 꿇는다

키 큰 플라타너스처럼
수줍게 마른 두 손 들고
벌받는
초등학생으로 엎드린다

백미터 달리기로 살아온 세월
반듯하게 나이 먹은 나무들 아래서
나, 산처럼 무너진다

박수근

늦가을
그림자 싸늘한데
세종문화회관 앞 은행나무
제 옷 벗어
자리 깔고 누웠다

노란 벨벳 침대에
발 뻗고 서서
나체시위에 나선 은행나무
젊은 여인들
그림자 밟고 지나간다

전쟁이 끝난 광화문
모퉁이에서
그는
늦은 오후 저 가을을
헐겁게 스케치했을 거다

제2부

난(蘭)

물러날 때를 안다

수직으로 떨어지는 모가지

저 삶, 고요하다

가을 단상

햇살이
살이 다 비치는
나뭇잎 위에 내려앉네
빛의 무게를 못 견딘 나뭇잎
까칠한 바람에 제 몸을 맡겨버리네

투명한 속살
겨우 걸음마 뗀 아이
떨어지는 나뭇잎 쫓아가는데
땅 위에 잠시 쉬고 있던 햇살
발소리에 놀라
냉큼,
나뭇가지 위로 달아나네

오,
생이 저처럼 아름다울 수만 있다면

내장산 단풍

처용이란 놈 애간장 다 녹네
손 뻗치면 눈앞에
확, 확,
타올라
눈 뜨고는 못 볼
저 살의

처용이란 놈 오장육부 썩어
만 가지 때깔로 무너지는 것 좀 봐!

금방
잿더미처럼 무너질 걸
뻔히 알면서도
저렇게 허공 속으로 뛰어드는 것 좀 봐!

폭설 대란

눈이 가슴까지 올라왔다
산짐승 에미가
새끼들 데리고 내려왔다

그러자
쩍,
까치밥 매단 감나무
울 밖으로 몸 던졌다

참새들 제 밥 뺏겼다고
삐죽삐죽
종일 울었다

나는 참꽃이지

어릴적 뒷산
진달래는 참꽃
철쭉은 개꽃이었지

두꺼운 겨울땅 뚫고 올라온 봄
얼어붙은 산골짝
슬슬 무너뜨리고
다들 이제 봄인가 망설이며
눈치 보다
에라 며칠 더 기다려보자며
늦은 겨울잠 속으로 빠져들 때

난
홀로,
동무도 없이 홀로
봄이야,
봄이야 외치며 솟아올라
늦추위 만나 속살 얼어터지기도 하면서

기어이 봄을 열어젖히는 꽃이지

실컷 봄이 왔다고 외치다
지각한 봄꽃들
햇빛 몰려든 산자락에
무더기로 얼굴 내밀고
슬슬 웅크린 사지를 풀 때쯤이면

어느새
춘궁기의 뱃속을 채워주거나
궁핍한 장독 질항아리에
얌전히 몸 섞어 곰삭은 뒤
씨 뿌리는 춘사월
잘 익은 두견주 되어
권농가를 재촉하는 꽃이지

가을 내소사에서 아버지를 보았다

가을 내소사엘 갔다
키 큰 전나무들
어릴적 소 판 돈 털리고 돌아온 아버지처럼
두 팔 늘어뜨린 채
나를 맞는 듯했다

열세살 그때
내 간절한 기도를 아버지는 알았을까
위안이 될 수 없다고 생각한
내 기원을 저주했다

내소사 기품 넘치는 청단풍
나뭇잎 사이로 서늘한 햇살 떨어진다
눈부신 옥양목 두루마기 입으신
아버지 걸어가신다

아버지, 순백의 등뒤로
너무 일찍 삶을 마감하는 낙엽들

내소사 부처님 시간 속으로 숨어버린다
아버지도 한번쯤
저렇게 자유로웠을까……

까탈 부리기 시작한 두 무릎 위에
세속 도시의 짐 싸들고 찾은 내소사 숲에서
중학생 때
소울음 삭이며 짜장면 사주던 아버지 보았다

식민지 하늘, 어두운 들판
저당잡힌 생에서 벗어난 당신을
내소사 무채색 꽃무늬살에서 보았다

성불

후천개벽 밀지 배꼽에 숨겨놨다는
선운사 마애불 앞
수령 미상 늙은 소나무

벼락에 취했나 하늘로 치솟다
뽑혀버린 어깻죽지에
심원 앞 바닷바람 불러
흙먼지 두껍게 앉힌 뒤
참나무 데려다 동거하는 늦가을

꽃몽우리 수줍은 동백에
한눈팔다 보니
어둑한 발 아래
참나무 노란 잎 수북하네

성불(成佛)
성불
성불이로세

겁에 질린, 취하지 못하는

술에 잘 취하지 않는 건
체력이 좋아서가 아니라
내 몸이 너무 겁에 질려 살아와서 그런 것 아닐까
내가 하는 일이 큰 죄가 될 수도 있어
겁에 질린 잠의 세포가 깨어 있는 것 아닐까

정말 취해버리면
틀림없이 저지를 것 같은 광포한 일탈
숨겨온 적의
확, 싸지르고 싶던 생들이
둑을 넘어 한꺼번에 몰려올까봐 두려운 것 아닐까

정말,
주량이 크기 때문일까
운동선수 출신들이 술도 잘 먹기 때문일까
아무래도 아닌 것 같다

그렇다면, 혹시 이런 건 아닐까

한번 터지면 도저히 그칠 수 없어
몸속 어디쯤에 숨겨둔 눈물이
쏟아질까봐 피하려는 것 아닐까

그것도 아니면,
그 세월에 그래도 괜찮은 놈,이라는 평판
골프공 속처럼 구겨넣은 그저그런 밑천 확, 쏟아질까봐
취하지 못하는 것 아닐까

정말, 의지가 강해 취하지 않는 걸까
어느날 다가온 사랑 앞에
날 선 생을 열어주지 못한 채
무릎 꿇어버린
그 겹겹의 도피행각들이 탄로날까봐
취하지 않으려 발악하는 것 아닐까

아는 것도 모르는 척, 모르는 것도 아는 척
없으면서 있는 척, 있으면서 없는 척

척 척 능청 떨어온 계절들이
마침내 거덜나는 게 드러날까봐 겁나는 것 아닐까

늘 저만 서럽고, 저만 불쌍하고, 저만 용서하며 살아온
속살이 드러날까 겁나
육신과 영혼이 취하지 않으려고
동맹을 맺고 있는 것 아닐까

그리하여
취하지 못하는 고통
취하지 못하는 영육의 항쟁이 계속되는 것 아닐까

이러다, 영원히 만취의 축복을 받을 수 없는 것 아닐까
아닐까

공덕동 풍경

새 아파트단지에 갇힌
오랜 골목길 재개발구역
키 낮은 불빛들 발길에 차인다

어느 가족의 늦은 저녁식사도
귀갓길 무릎 아래
사선으로 찍힌다

반지하
반쯤 수평으로 그어진 창밖 화분들

화분에서 자라는 분꽃 모가지들
잎 꾹 다물고
우린 밥 먹었다는 표정이다

재개발 붉은 숫자들
깨진 암호처럼
담벼락 여기저기 어지럽다

이제 용서를 말하겠네

만나고 헤어지는 거로 치면
봄은 생이별이다
절정의 꽃들,
오늘내일 아무 곳에서나 다투어 만나지만
또 얼마나 많은 한숨소리
저리 애절하게 흩날리는 것이냐

한강나루에 나,
애써 이별을 막은 기억 있어 늘
이맘때면 목덜미 부어오른다

밤새 서해안에서 올라온 일몰의 냄새
밤섬의 바람처럼 한바탕
쓸쓸한 후회를 저미고 나면
자다 깨어나 확인하는 불안의 늪
봄꽃들은 아무렇지 않은 듯
우수수 생이별로 흩어지곤 했다

그 봄, 두물머리 시골 우체국
라일락 앞에서 쏟아지던 죄책감
그건, 한없이 나약했으나
생의 불안한 여름을
겨우 지나온 자의
두려움 때문이었음이 분명하다
때로, 버리지 못하는 건 주머니 속 압정이다

이제 나,
압정 쥔 손아귀 펼쳐
용서를 말하겠다
틀림없이, 장엄하고야 말았을
그대들의 희망을 훼방했음을
돌릴 수 없는 나이테 앞에서 고백해야겠다

다시 찾은 두물머리 젖은 안개 속에서 본다
가슴속에 반송된 뜯지 않은 편지들
우체국 마당 가득 흩날리고

사꾸라 라일락 꽃잎들은

그 봄, 서른다섯의 죽음에 조사를 쓴다

나, 이제 겨우 용서를 말한다

불감증

피가 없는 평화, 춥다
나를 담았던 거죽을 뚫고
시간은 마구 증발한다
사랑을 배우지 못한 몸에서
근육이 발린 영혼이 빠져나간다

생의 비의
나는 아직도 너를 모른다
버릴 줄 몰라서인가
시간이 가고
계절이 바뀌어도
내 눈은 너를 보지 못한다

망가져보지 못한 생
망가지는 게 두려운 시간
목놓아 불러보지만
언제나 목이 쉰 노래일 뿐이다

너무 흔해 기억 못하는 숲처럼
쉽게 잃어버리는 망각의 절벽에서
너를 부르지만
나는 또 안다
너를 만날 수 없다는 것을

도배

물의 꿈

풀 먹은 물의 꿈은
반지하 다섯 식구의 따뜻한 방

스르륵
벽지는 둥근 전신을 푼다
물은 온몸으로 낮아져
힘겹게 직립의 벽과 만난다

도배의 마지막은
웃자란 벽지의 키를 맞추는 것

물의 꿈에 취한 벽지는
벽과 한몸이 된 듯 맞서기도 하지만
묵직한 쇠잣대에
즐겁게 가위눌린다
방의 키에 제 몸을 맞춘다

창밖은 봄바람

고향처럼 아늑한
직립의 방

물의 꿈이 이뤄진다

연옥에서 한 시절

불안하지만 담장 안은 늘
안녕한 법입니다
아이들은 지옥에서도 꿈을 꿉니다
어깨는 싱싱합니다
체육시간은 안녕한지요

한 시절이 허물어지네요
몸도 마음도 그곳을 떠났습니다
시도 함께 떠났지요

십년이 지났습니다
아주 붙박이로 불안합니다
사랑하는 이들의 얼굴을 잊습니다

들어설 수밖에 없던 길이었으나
너무 멀리 와버렸네요

돌아가야지요

봄 왔으니 봄이어야겠네

봄이 와 나무들
연초록 배내옷 입고 있네

새로 시작하는 저들이야
지난밤 속삭임처럼
겨우내 더운 땅속에서 발효시킨 이야기
부지런히 쏴올리지만

저 나무
물끄러미 바라보는 어깨엔
마른 나뭇잎 하나 올려놓을 수 없네

고백건대,
생은 무거워 용서 바라지 않지만
뒤늦게 묵은 외투 벗어야겠네

오늘
봄 왔으니 봄이어야겠네

제3부

채송화

고향 형님 댁 앞마당
키 작은 채송화
고등학교 시절 집에 갔을 때
구겨진 오천원짜리 쥐여주며
서울 공부 잘해야 한다던
눈 큰 형수 닮았다

60년대 초 어느 겨울날
한 집안으로 시집와
내리 딸만 다섯 낳고, 평생
살금살금
가만가만 사시다가
일흔살도 안돼 떠난
눈 크고 키 작은 형수

형수가 낳은 딸 다섯
닮았다

해바라기

수배 시인에게

참, 실속 없다
봉숭아 채송화 분꽃 맨드라미
다 네 둥근 얼굴 기다란 팔 아래
새끼들 감추고
잘들 살아가는데
삼복더위 밀어내며
정면대결 벌이는 직립의 삶
정말, 실속 없다

첫서리 내리고
수은주 영하로 떨어졌다는 오늘밤
간지러운 뒷덜미
뒷골목 뒷골목으로
걸어다니실
주름살투성이
그대 웃음 그립다

차전초

차전초(車前草)는 질경이의 한자말
수레바퀴에 깔리면서 살아가는 풀
바퀴에 깔려 몸이 납작해지며
숨이 넘어가는 순간
제 씨앗을
수레바퀴나 짐승들 발밑에 붙여
대를 이어가는 풀

모든 풀들은 짓눌리는 고통을 피해
들로 산으로 달아나
함께 살아가는데
그늘 한 점 없는 길가에 몸 풀고 앉아
온몸이 깔리면서
생을 이어간다

수레의 발길이 잦을수록
바퀴가 구를수록
더욱 안전해지면서 멀리 가는 삶

질경이는 밟히면서 강해진다

밟혀야 살아남는 역설의 생
오늘도 납작한 잎 속에 질긴 심줄 숨기고
온몸 펼쳐 뭇발길 받아들인다
어디 한번 멋대로 분탕질도 해보라며
거친 발길에 제 몸 맡긴다

백척간두

한겨울 대청봉

구름은 높은 영봉일수록
훌쩍훌쩍 뛰어넘는데

이제 막
산에 발 올리면서
내려갈 생각을 하네

깎아지른 절벽과
허공 사이에 선 나무들

백척간두란
허공에 한 발짝 내딛는 거라네

가을, 도봉에 올라

평생 잔정만 주다 이젠 너무 늙어버렸다
늦은 가을
관절 마디마디
환하게 불거지며 피어오른다

웃음 반 울음 반 뭉쳐 들고
내 발치 아래 달려온 것들
번듯하게 위로도 해보지 못하고
그저 큰 소리 나누어 지르고
돌려보낸 세월인데
오늘
또 한차례 흥건한 놀이판 벌이겠다니
차라리 나도 온몸 풀어놓고
어울리고 싶구나
날마다
분신하듯 타오르고 싶구나

몸에 대하여

몸이 운다
아프다고, 슬프다고
고함지른다
마음보다 먼저 울어버린다

근심
가득한 몸

더이상
상처를 안고는 살 수 없다고
오늘밤
조용히 관절 일으켜세우고
울어댄다

잔인한 소멸

새봄이 와도
더이상 노랫소리 들리지 않을
마지막 학기 초등학교 운동장
전교생 여섯 명이
편을 짜 농구놀이 한다

전교생 수백 명 시절부터
운동장 지켜온 단풍나무
저도 끼워달라는 듯
울긋불긋 유니폼 나부끼며
농구장으로 몸 기울인다

사라지는 것들이
모두 아름다울 수는 없지만
소멸은 얼마나 잔인한가

머리 위로 내려온 동해의 노을
물들지 못하고 서성인다

늙은 시멘트 역기짝

동네 뒷산 중턱
소나무숲 평평한 자리에
족히 사오십년은 됐음직한
시멘트 덤벨이 걸려 있다

80년대,
비 그친 어느 초여름밤
공부 않고 놀다 엄마한테 혼난 뒤
저녁밥상 박차고 나간
오라비들 얇은 두 팔뚝에 들려
정신없이 현기증 일으키던 그 역기짝이다

세월에 삭아 얇아진 등받이
주먹밥만한 시멘트 덤벨
아직도 반질반질한 철제 바에 끼어 버티고 있다

영양실조의 시절,
그 어디쯤에서

가쁘게 숨 몰아쉬던 갈빗대 사이로
장삼이사들의
더운 등판 응원하던 역기짝이다

오늘, 꾸중 맞고 나간 아들놈들은
허름한 지하실 기계음의 화면 안에서
힘자랑을 하지만
더이상 근육을 세울
역기짝은 들지 않는다

조용히 나이 먹어가며
동네 뒷산 지키고 있는
늙은 시멘트 역기짝
그이의 마른 몸에 품격이 살아 있다

큐레이터는 혼자였네

하찮게 보이는 것에
희망을 품는 건
얼마나 시대착오적이고
아름다운가

인사동 한 귀퉁이
숨어 지내는 적산가옥에서
화가는 밀레니엄 십년의
얼굴을 보여주고 싶었다

대형 화폭 안에서는
유통기한이 끝난 붓질로는
새로운 세기를 구원할 수 없다고 외치지만
큐레이터는 오래 혼자 앉아 있다

불통과 열정과 희망을
잘 숨긴 캔버스
인사동의 욕망은 침묵을 부른다

왜, 예술은 가끔 웃을 때
밉지 않게 보이는 주름처럼
사랑받지 못하는가

작품들의 조난신호를 피해
알아들을 수 없는 인파에 떠밀려
길을 잃는데
쌈지길 앞 노점
청각장애인 부부의 수화
필사적이다

나무못이 쓴 건축사

선운사 만세루
삭지도 녹슬지도 않은 나무못들이
천년세월 받들고 있다

망해가던 왕조
화급한 영혼들 불러모았나
서로가 서로에게
어깻죽지나 가슴 내어주며
유민의 꿈 쌓아올렸다

소목의 전생애가
온몸으로 비스듬히 틀어박혀
건축사 한 권을 쓰고 있다

살아 수백년 수척해진 나무들
눕히고 세우고 가로질러
천년을 다시 사는데
대웅전 뒷담 아래

눈치없는 동백꽃 저 혼자 붉다

선운사 만세루 앞에서
제말려초,
황망한 슬픔처럼 양각된
유랑사의 첫 판본을 본다

회기동 한 시절

허물어진 육체, 허기진 요절
선동호,
배부른 비단잉어들은 더욱 아름다웠다

오감을 무용지물로 만든 70년대
장학금 하숙비 끊긴 특별장학생
체육관 대신
비단잉어떼와 생을 유기했다

우측 첨엽, 아름다운 천공
검붉게 터지는 허파꽈리
교정의 벚꽃들 앞에서 쉽게 길을 잃었다

파스, 하이지라드*의 축복은
어지러운 하늘,
새하얀 시간 속에서 빈혈을 일으켰다

너무 일찍 꺾여 가라앉은 육신

붉은 비늘에 쏟아지던 푸른 달빛
위로받고 싶은 슬픔이 너무 컸다

어쨌든, 어쨌든,
중얼거리던 비루함
경희대 선동호 비단잉어들과 놀면서
겨우 시간의 감옥에서 풀려났다

스물둘이었다

* 1970년대 대표적인 결핵 치료약.

옛 그림자

쇠고기 안주 삼아 포식을 하는데
문득, 눈 흐려지고
70년대 성북동 홍익사대부고
여름 대낮을 달리던
소년이
불판 위를 달린다

검은 코트 위로 쏟아지는 뙤약볕
지글지글 달아오른 불판 위를 달리던
깡마른 고깃덩이들 입안에 씹힌다
불의 폭포,
텅 빈 어지러움, 목구멍 깊숙이
소주 반 울음 반 삼킨다

눈앞에 피어오르는 허기는
꼭 자지러지는 햇빛 때문만이었을까
아니지,

버짐꽃 가득 핀 얼굴
맹물로 홀대한 위장 탓이리라
용서하라,
프로이트식 착각에서
해방되지 못한 내 식도와 위장과 융털돌기를
그 사각의 불판 위에서
몸 뒤척여 살을 익히며
지면서 이기고
이기면서 지는 법 익혔느니라

옛 그림자 훔쳐보니 또 힘나는구나

어느새 축복이 발목 덮어주시네

할머니와 어머니와 딸이 아직도 대물려가며
생가슴 앓아야 하는 세월 모르는 바 아니지만
열 명의 처녀 가운데 여덟이
혼자 서보겠노라 작정하는 세월
끔찍이 자신을 사랑하며 한평생 살아가겠다고
거듭거듭 다짐해두는 세상이라는데,
나 또한
한때 몇십번씩 물리고 싶었던 일을
오늘, 내 청춘의 그대들이
감히 녹음방초 우거진 청산 속
이쁘디이쁜 단풍나무로 서
네 발 나란히 포개 내디디겠다니
다만, 사건이라 부를 수밖에 없다네

미구의 세상은 그저 다가오시는 대로
두 손 벌려 감싸면 될 뿐
오늘 청산의 널따란 치마 끝 환히 밝히는 그대들의 사랑
저 아랫마을 아직 홀로 선 사람들

시샘에 몸살나게 해야 하리
질투에 치떨다
그들도 기어코 사랑하게 해야 하리

그러나
너무 빨리 다가오는 유혹에 빠져서는 아니되리
그대들의 암팡진 사랑의 행진에
시비를 거실 게 분명한 신의 장난
광포한 대지 끝 벼랑에 설지라도
보이지 않는 손에 들린 기울어진 저울
잘 다스릴 부적
한칸 한칸 채워야 하리

눈 내리는 겨울밤
두 젊은이 손 맞잡고
보금자리 찾아가네

어느새 축복이 발목까지 덮어주시네

오누이

결혼식 전 동영상은
신랑의 유년과 십대를 건너뛴다
기록되지 않은 생
결핍은 여민 옷깃을 울린다

아버지 어머니 자리에
눈시울 붉힌
누님 앉아 있고

신랑이 큰 소리로 서약할 때
그녀의 설움은
더욱 거룩하다

사진 찍어줄 어른 없던 시절을 견딘
미소 앞에서
하객들 자지러지고

뒤꿈치 든 시간들 데리고 다녔을 오누이

쑴바귀 같던 그 시절 없었던들
저 꽃들 어찌 피어났겠나

제4부

EU의 노동법이 깔린 도로에서 김진숙을 생각하다

스타노,

슬로바키아 출신 버스 운수노동자

주 40시간에

동유럽 국가들 넘나들고

야간운전이나 초과노동 수당은

상상을 뛰어넘어

비용 아껴야 할 가이드 고분고분 휘어진다

노동자의 권리를 누가 함부로

훼손하려느냐고 묻는 듯한

유럽연합의 버스 안에서

모아비아족 빈국 출신 노동자의 인권과

잘 매겨진 그이의 사람값에 가슴 설레었다

노동법이 안전하게 깔린 도로를

달릴 때 달리고, 쉴 때 쉬지만

때로 쉬어야 할 때 달리기도 하는

스타노의 인간적 노동에

서울의 트윗 친구
크레인 위 김진숙 지도위원을 불러낸다

데자뷔인가
멈춘 시간, 고공 철제난간에서
열여덟 봉제공장 노동자로 시작해
스물여섯 최초의 여성 용접노동자로 해고된 진숙이가
전태일로 울고 있다고 나를 깨워쌓는다

땅에 발을 딛지 않겠다는 형벌을
목멘 밥처럼 꾹 누르고 차리는 밥상
단 하루라도
빛나는 청춘이 되고 싶다는 그녀
그녀의 말은 이제
통역이 너무 많이 필요해졌다

방방곡곡 퉁퉁 부어오른 발바닥들
영도로 영도로 향하는 물집 잡힌 영혼들이

자꾸만 자라고 있는 그녀의 저 철제난간 아래서
한꺼번에 부풀어오른다
우리의 식탁 위에 검은 그림자로 넘어진다

부풀어오르는 것은 터져야 하는가

그대, 다시 박수 받지 못하리

자기들끼리인데도
이기는 싸움을 해야 한다
손해 보는 일은 피하고
양보하는 건 굴욕이다

그립다
뻔히 질 줄 알면서
앞질러 달리던 시절

나는,
숨어 응원하는 박수
다시 불러내지 못할까봐
오늘도 안절부절이다

겨울 등고선

스스로를 던져
누군가의
생을 거룩하게 하고

누군가 꼭 해야 할 일을
가슴에 품어
희망을 이어간 사람들처럼

저 빈 산 등고선은
말없이 아랫도리
사십오도 각도로 엎드려
원산폭격 벌받고 있구나

낫

우리 집안은 조상 대대로 주인 잘 섬기고 일 잘하는 것을 업으로 삼아온 비폭력 평화주의를 신봉하는 가족입니다 가을 들판, 제 몸 가누지 못할 정도로 영글어 터져 우리 가족의 날에 싹둑 잘리기를 기다리는 벼포기나, 이른 여름 샛노란 햇살을 붙잡아 품에 안고 어깨를 비벼대는 보리 밑동을 자를 때 말고는 언제나 농가 처마 밑 바람벽 모퉁이에 있는 듯 없는 듯 걸려 있는 낫 놓고 기역자도 모르는 무지렁이입니다

그런 우리들도 어떨 땐 슬며시 바람벽 타고 내려가 주인 어른의 손아귀에 잡히고 싶은 때가 있습니다

이른 봄 주인어른이 파종해 잘 키운 양파나 마늘이 밭떼기로 갈아엎어지거나, 우리 손으로 자른 풀 먹여 돌본 자식 같은 소 몰고 시장에 나가 소값이 똥값 된 걸 알고 다시 데리고 오는 주인어른을 볼 때면, 우리 가족 누구랄 것 없이 바람벽을 타고 내려가 허공이라도 한번 긋고 싶습니다

그럴 때면 더이상 낫 놓고 기역자 노릇만 하기 싫습니다

그분

그분은
마지막으로 넘어야 할 깊은 산맥입니다
지난 세월 단 한번도
바로 보지 못했습니다
어떻게 이 좁은 가슴에 그분을 담을 수 있겠습니까

그분 앞에선 언제나
옷깃을 여몄을 뿐
그분이 머리끝에서 발끝까지
예술이던 시절에도
감히 그 모습 그리지 못했습니다

그런데 지금은 모두
그분이 입혀준 외투가 너무 무겁다고
너무 오래됐으니 벗어던지자고 합니다

한번도 껴안아보지 못했는데
그분이 보여준 낙원에

아직도 숫총각처럼 떨리는데
다들 그분에게서
떠나자고 합니다

가볍게 가볍게 훌훌 털고 잊어버리자고 합니다

다시, 광화문

나는 졌고
너는 이기지 못했고
너는 물러났고
나는 앞으로 나아갔고

모두 지기도 하고
모두 이기기도 한

사랑, 영원한 사랑

권인숙

얼굴 없던 그녀가
모진 비바람
두 손 들고 물러난
87년 가을
광화문 구 서울고 운동장
임시 연단에
한 송이 꽃으로 피어나자

그 아래
상처입은 꽃밭
수만 송이 꽃들
일제히 꽃망울을 터뜨렸다

무국적 한국인

사흘을 굶고
도둑질하러 들어간 집이
형사과장 사는 아파트
박상수 씨는 꼼짝없이 강도로 붙잡혔네

본명은 박상수가 아니라네
고아원에서 지어준 이름이라네

주민등록증도 만들어본 적이 없어
진짜 생년월일은 모른다네

경찰서 보호실
눈물 콧물 범벅된 얼굴로
통곡뿐이네

열 손가락 지문 조회한 경찰도
족집게처럼 집어내던 경찰청 컴퓨터도
그런 사람 없다고 고개를 갸웃거렸다네

대한민국 국민이 아닌 것 같다며
눈만 깜박거렸다네

아관파천

가장 소중한 아름다움
뜨거운 아침을 만들어내는 이들이
아관파천중이네
아무도 돌봐주지 않는 남루
자청한 가난이라면
견디고 말겠네

막힌 출구 앞에 흐르는
길고 긴 강물

보여주고 싶지 않은 엄숙한 생의 혼백들
불편한 안녕 앞에
아름다운 이들
힘 잃은 언어들은 쓰러지네

말 잘 쓰는 동무들
오늘 또 표적을 찾고
거룩한 신앙이 키운

악마인가
기어이 마녀가 되어달라 하네
생은 자꾸만 이해할 수 없는
늪으로 빠져드네

그런 꼬라지 될 바엔 차라리 통일 안했으면 좋겠다*

가령,
서울서 아침 먹고 금강산 구경한 뒤
점심 먹고
대동강변 옥류관에서
저녁 먹을 수 있겠지

남쪽의 기업인은
신의주나 개성에 공업단지를 만들고
거침없는 북한의 원자재는
북쪽 사람들
자본주의 임금노동자로 바꿔놓겠지

황해도 사리원이나
동해바다 명사십리 부근
울창한 소나무숲과 모래사장 옆에
호텔이나 콘도를 지을 수도 있겠지

8·15 직후나 한국전쟁 때

땅문서만 갖고 내려온 사람들
땅찾기운동 벌이는 바람에
통일국가 전국 법원이
땅 찾아주다
다른 송사 못할 수도 있겠지

자강도,
실핏줄 같던 면소재지
다방과 까페와 룸쌀롱으로 넘쳐나
임금노동자들 주머니 털고
다이하드나 터미네이터가
가슴 뜨겁게 달굴 수도 있겠지

* 김남주 시인의 생전 발언.

한열이 어머니

마흔아홉살에
스물한살 한열이 가슴에 묻은
배은심 어머니
아침부터
가장 여섯 불 속에서 죽은
용산에서 일인시위 하신다

죽음이 죽음을 부르다 지쳐
일흔두살 할머니가 돼버린 어머니
힘들게 손을 올리신다

잔인하구나
우리 모두 개자식들이구나

오늘 스물한살의 아들들은
드넓은 유월항쟁을 검색하는데
늙지도 못하고, 어머니
덕수궁 앞 뙤약볕 아래 앉아 계신다

최루탄에 죽은 아들의 어머니가
오전엔 용산에서
오후엔 시청 앞
아지랑이 흐느끼는 불볕 거리에서
쉰 목소리로 노래 따라 부르신다

염치없구나
못나빠진 놈들이구나

한라산

영문 없이 무너져내리던 한세상
돌밭 일구던 손길
끝내 타다 만 용암 한 줄기로 숨어들어
겨울과 봄 가운데 서 있는
산 일으켜세우는가

눈물 같기도 하고
누굴 부르는 소리 같기도 하고
노여움 같기도 한 바람이
한목소리로
한라산 꼭대기로 치솟는다

송악산 백조일손 너븐숭이 영령들과
아직도 연기 가득한
동굴 속 숨어들어
갈적삼 맨발로 풍장 치른다

보아라, 키 낮은 돌담 아래

그대 가고 나 살아 올리는 이 진혼굿

죽은 자들이

산 자를 결박게 하는 것을

이 산천 저 산천 휘휘 돌아

마침내

낮게 낮게 엎드려 꽃피는 것을

판문점에서

판문점 중립국감독위원회 건물 한가운데를
관통하는 군사분계선
겨우 10센티미터가 될까 말까 한 시멘트 턱
저 낮은 시멘트 덩어리가
우리에게 60여년 가까이
이별하고 사는 법을 가르쳤다고 생각하는 순간
양쪽 병사들이 내 눈앞에서 웃는다

인민군 몇명이
금 저쪽에서 빳빳한 걸음을 옮긴다
백인 병사 하나와 국군 몇명이
금 이쪽에서 똑같이 빳빳한 걸음을 옮긴다

저쪽 소나무
이쪽 참나무
거침없는 통방을 한다
가지는 외치고 나뭇잎은 속삭인다

잠시, 국가보안법이 휴지가 된다

저 멀리 첨탑 끝 인공기와
이쪽 미군부대 깃대 끝 성조기 사이에
창백한 낮달이 걸려 있다

비무장지대의 자욱한 갈대들
실성한 듯 흐느낀다

산에서 부르는 출석

도봉에 오른다
산 아래에서는
고개 들어 바라보는 이름들
불러낼 시간이다
반드시
지난밤 맑은 꿈과 함께 호명해야 하지만
발길은 낮게 깔린
안개 걷어내며
자꾸만 도봉산 밀어낸다

잃어버린 출석부,
더이상 청춘의 주인공을
호명할 수 없다
삶은 여전히 충혈되고 있다

산은 원하는 만큼 길을 내주는데
나는 또 길을 잃는다
오늘도 출석을 부르지 못했다

돌아가야 한다

| 해설 |

정직한 슬픔의 노래

고광헌 시의 풍경

고명섭

"'울고 있는' 눈은 '선한 눈'이다. 그것은 '악한 눈'과 반대되는 '눈물의 눈', 바로 '윤리의 눈'이다."

—임철규 『눈의 역사 눈의 미학』(한길사 2004)

1

고광헌 시인을 처음 만난 것이 언제였던가. 아마 1995년, 한겨레신문사 편집국이었을 것이다. 아직 이 신문사 공기에 익숙지 않았던 나는 그를 보는 순간 마음이 편안해졌다. 그는 나를 기자 세계의 후배가 아니라, 낯선 땅에서 만난 동류로 대했다. 미처 예상하지 못한 곳에 날아와 뿌리를 내린 식물이라고나 할까. 나는 왜 그에게서 그런 느낌을 받았을까. 내 기억에 남아 있는 첫인상의 포인트는 그의 눈이다. 그때 그는 눈이 컸고 눈빛이 맑았다. 눈이 커 보이면 작은 체구이기 십상인데 그는 키가 크고 품이 넓었다. 나는 그의 맑은 눈빛에서 너그러움의 힘을 느꼈다.

풍파는 사람의 마음을 비껴가지 않아서 세월의 발톱에 오래 할퀴이다 보면 마음 어딘가에 생채기가 쌓이고 눈빛이 상하기 마련이다. 세월의 짐승과 싸우다 보통은 먹히고 마는데, 고광헌 시인의 눈빛은 그때나 지금이나 다르지 않다. 그의 마음은 상처를 남기지 않는다. 아니, 더 정확히 말하면, 그는 상처에 지지 않는다. 대학시절 폐결핵에 걸려 농구선수 생활을 그만두고, 고등학교 교사가 돼 학생들을 가르치다 '민중교육지 사건'으로 독재정권에 의해 교단에서 쫓겨나고, 서른다섯 늦은 나이에 가난한 신생 진보언론사에 투신해 24년 동안 작지 않은 어려움과 괴로움을 겪었지만, 그의 눈빛은 그 세파의 흔적을 보여주지 않는다. "춤출 수 없다면 혁명이 아니다"라고 한 사람도 있지만, 나는 그의 눈에서 "마음이 맑지 않으면 진보가 아니다"라는 명제를 읽는다.

그의 배후에 뭔가 든든한 것이 있었음이 분명하다. 무엇이 그를 세월의 부식력으로부터 지켜준 것일까. '시인이라는 자의식'이 아니었을까, 나는 추측한다. 시를 쓰는 동안 그는 시인이었고, 삶의 현장의 부름에 응답하느라 시를 쓰지 못하는 동안에도 그는 시인이었다. '나는 시인이다.' 마음속에서 무수히 되뇌었을 이 한마디로 그는 세월의 어지러운 유속을 견디었고 세상사의 닳아빠진 법칙에 맞섰다. '나는 시인이다.' 이 조용한 짧은 외침은 그에게 '나는 시 쓰기의 정직함으로 산다'라는 내밀한 결의였고, '일생에 절창의 시 한 편 쓰면 그것으로 족하다'라는 담백한 허영이었다. 그러므로 그는 내가 아는 한 언론인이기 이전에, 날마다 시인으로 사는 시인이었다. 이제 그가 저 세월 몰래 쓴 시들을 읽는다.

2

고광헌 시의 화자는 슬퍼하는 사람이다. 그의 눈은 눈물로 축축하다. 눈물이 솟구치면 울음이 될 것이다. 그러나 그는 울어야 하는 순간에 울음을 터뜨리지 않는다. 우는 대신 시를 쓴다. 그렇게 쓰인 시면 허약한 감상에 떨어지기 쉬울 터인데, 고광헌의 시는 감상주의와는 거리가 멀다. 시의 물줄기가 흘러나오는 원천이 다르기 때문이다. 그의 시는 울음 자체에서 나오는 것이 아니라 울음을 견디는 내적인 힘의 긴장에서 나온다. 그가 "취하지 못하는" 것도 그런 견딤과 관련이 있다.

한번 터지면 도저히 그칠 수 없어
몸속 어디쯤에 숨겨둔 눈물이
쏟아질까봐 피하려는 것 아닐까

—「겁에 질린, 취하지 못하는」 부분

그러나 그렇게 참아도 참을 수 없을 때가 있다. "취하지 못하는 고통/취하지 못하는 영육의 항쟁"을 막을 수 없을 때 울음은 그의 의지를, 마음을 뚫고 저도 모르게 솟아오른다. 그럴 때 우는 것은 그의 눈이 아니라, 입이 아니라, 마음이 아니라, 요컨대 그 자신이 아니라 그의 몸이다.

몸이 운다
아프다고, 슬프다고
고함지른다
마음보다 먼저 울어버린다

—「몸에 대하여」 부분

왜 온몸이 의지와 상관없이 우는 것일까. 더는 "상처를 안고는 살 수 없"기 때문이다. 상처가 깊어서, 밤이면 몸이 아프다고 울어대는 것이다. 그렇다. 울음의 기원에 상처가 있다. 그 상처가 시의 기원이자 원천임을 시인은 동료 시인의 수상식에 가서 축하 화분에 쓰인 "祝 受傷"이란 글자를 보고 죽비 맞은 듯 화들짝 새삼스럽게 깨닫는다.

상처를 상으로 받으니 축하한다는 건데요, 세상 어떤 시보다 더 시적이더라고요, 가슴속에 죽비가 떨어지데요, 시인은 세상의 모든 상처를 한 상 받아내는 운명이잖아요

—「상처를 상으로 받아야 시인이지」 부분

시인이란 "세상의 모든 상처"를 자기의 상처로 받아들이는 자다. 그것이 시인에게 할당된 운명이다. 시인의 몸이 운다면, 그것은 세상의 상처가 지르는 아우성일 것이다. 그리고 상처는 먼저 시인 자신과 가장 가까운 것들에서 발견된다. 가난이 질곡이고 족쇄이던 어린시절, 시인의 누님은 가난 때문에 상급학교 진학을 못했던 모양이다. "우물 속으로/무심한 별들이 쏟아지던 밤"에 소년은 "교복을 입고 싶은 누님의 흐느끼는 소리"를 듣는다. 그리고 그 소년 곁에 "목젖 아래로" 숨죽여 우는 "어머니"(「누님의 우물」)가 있었다. 그 어머니가 시인에게 특별한 존재임을 이 시집은 여러 편의 노래로 들려준다. 눈물을 삼키는 자, 울음을 견디는 자의 가슴속에 어머니가, 어머니의 추억이 있다. 그 어머니는 내어주는 사람이다. 자식은 먹이고 자신은 굶는 사람이다.

자식은 차 태워 보내고 자신은 먼 길 걸어가는 사람이다.

어머니, 읍내 나오시면 시장통 국숫집 데려가 나는 먹었다며 아들 국수 곱빼기 시켜줍니다 국수 먹인 뒤 어머니, 아들에게 전북여객 타고 가라며 정거장으로 밀어냅니다 당신은 걸어가겠답니다

—「정읍 장날」 부분

어머니가 혼자 먼 길 걸어오는 게 싫어 중학생 아들은 "돌멩이 툭툭 차며 어머니 뒤따라 집에" 온다. 어머니는 자식들을 위해 자기를 희생하는 사람인데, 이 시에서 자식은 어머니의 뜻을 거슬러 그 희생에 동참한다. 그렇게 함으로써 자식은 어머니와 내적인 일체를 이룬다.

어머니
머리에 보자기 두르고
학교 오시던 날

(…)

쪽 풀린 어머니의 검은 머리칼
서울 와서

가발공장 여성노동자
데모에서 보았다

평생 일해도 갚을 수 없는 수업료

그때
어머니 전생애를 잘라
조용히 머리에 두른 것이다

—「어머니가 쓴 시」 부분

어머니는 자식이 수업료를 낼 돈이 없자 쪽을 풀어 평생 기른 머리를 자른다. 시인의 어머니는 그 잘린 머리카락을 매개로 하여 가발공장 여성노동자들과 연결된다. 어머니는 시인에게 민중 혹은 민초의 원형일 것이다. 어머니가 아니었더라면, 시인이 온몸으로 통과한 이 땅의 현대사 굽이굽이마다 울려퍼지던 민중이라는 말, 역사라는 말이 그에게 그렇게 실감나게 다가오지 않았을지도 모른다. 민중을 알려면 어머니를 보라. 어머니의 얼굴이 모여 민중을 이룬다. 민중이 어떻게 역사를 만드는지 느끼려면 어머니가 살아온 삶을 보라. 어머니의 삶을 통해서 생생해진 민중은 시인의 상상력 속에서 "질경이"의 이미지로 살아나기도 한다.

차전초(車前草)는 질경이의 한자말
수레바퀴에 깔리면서 살아가는 풀
바퀴에 깔려 몸이 납작해지며
숨이 넘어가는 순간
제 씨앗을
수레바퀴나 짐승들 발밑에 붙여
대를 이어가는 풀

모든 풀들은 짓눌리는 고통을 피해
들로 산으로 달아나
함께 살아가는데
그는 한 점 없는 길가에 몸 풀고 앉아
온몸이 깔리면서
생을 이어간다

—「차전초」 부분

그러나 시가 민중의 강인함을 아무리 생동감 있게 묘사한다고 해도 어머니의 삶, 어머니의 말씀 한마디가 주는 감동에는 미치지 못한다. 시인에게 어머니는 시를 쓴다는 생각도 없이 시를 쓰는 사람, 아니 시를 사는 사람이다. 어머니는 아들이 군사정권이 발호하던 1980년대의 어느날 그들의 손아귀에 잡혀 고초를 당하고 나오자 이렇게 말한다.

"자네,
에미가 산에 간 큰성
살릴라고 십삼년간
감악소 담벼락에
뿌린 눈물이
몇동이나 되는 줄 아는가
……"

—「다시, 어머니가 쓴 시」 부분

아마도 시인의 장형(長兄)은 현대사의 혼란기에 산으로 가 산사람이 되었고, 그 때문에 감옥에 갔던 모양이다. 그 아들을 살리려고 어머니는 수도 없이 눈물을 뿌렸는데, 이제 또 그 눈물을 뿌려야 하는가. 어머니는 그렇게 묻고 있는 것이리라. 그 어머니가 뿌렸던 "몇동이나 되는" 눈물이 고스란히 시인의 마음속에 들어와 언제든 터져나올 참이다. 그러나 눈물은 참으라고 있는 것이지 터뜨리라고 있는 것이 아니다. 시인은 어머니를 눈물로 기억하는 것이 아니라 눈물을 요구하는 그 쓰라린 시대를 견뎌낸 어떤 '기품'으로, '품격'으로 기억한다. 그 기품 또는 품격을 어머니는 아흔다섯 죽음을 앞두고 보여준다.

어머니, 오늘도
왜 죽지 않느냐고
왜 목숨이 이처럼 질기냐고

날마다
시간과 전쟁을 벌이는 어머니
정말 무거운 물건은 시간이다

얼마나 두려우면
저처럼 죽음에 맞불을 놓으실까

일평생 쌓아올린 생의 품격
낱낱이 헤치면서
어린아이로 돌아가는
기품 넘치던 우리 어머니

—「시간처럼 무거운 물건 보지 못했네」 부분

이 시는 시이기 이전에 한 아름다운 삶에 대한 예의이자 헌사다. 왜 아름다운가? 자기 삶을 끝없이 다른 삶에 내어주고, 또 "몇동이나 되는" 눈물을 쏟는 통한의 세월을 살면서도 "기품"을, "생의 품격"을 잃지 않은 삶이기 때문이다. 그것이 이 땅 민중의 삶이다! 시인은 자신을 키워준 그 민중의 한 사람의 이름을 마치 다시는 부를 수 없을 것 같은 마음으로 침착하게, 또박또박 불러본다. "탐진 안씨, 갑자, 례자, 지동댁".

아들이 가슴에 담은 것은 어머니의 눈물이지만, 등뼈에 새긴 것은 어머니의 기품이다. 시인은 어머니의 그 기품을 닮아보려 한다. 그는 난초를 보며, 난초의 꽃이 떨어지는 순간을 이렇게 노래한다.

물러날 때를 안다

수직으로 떨어지는 모가지

저 삶, 고요하다

—「난(蘭)」 전문

난초가 아름다운 것은 꽃잎이 말라 비틀어질 때까지 매달려 있지 않기 때문이다. 때가 되면 수직으로 모가지를 떨어뜨리는 난초에게서 시인은 물러날 때를 아는 것의 미덕을 배운다. 이 시는 '향기'가 생략된 듯이 느껴진다. 그 향기가 "기품"이고 "생의 품격"일 것이다. 여기서 시인은 고백한다. 어머니의 그 삶을 아무리 따라 배우려 해도 어머니는 언제나 저만큼 앞에 있다.

어느 봄날
앞집 굴뚝 밥 짓는 연기 오를 때
방장산 장군봉 봄나물 따러 간
어머니 기다리다
붉은 해 지는 것 보았네

(…)

쌀 없는 저녁 밥상 차리러
봄나물처럼 달려오던 어머니
지금도
어머니의 싱싱한 달리기 이길 수가 없네

—「어머니의 달리기」 부분

어릴적 어머니는 봄나물 따러 갔다가 배고픈 자식 밥 지어 먹이려고 해 넘어갈 무렵 서둘러 집으로 돌아오시고는 했다. 그 배고픔과 봄나물과 해질녘을 추억하는 시인에게 가장 강렬한 이미지는 "봄나물처럼 달려오던 어머니"다. 어머니의 달리기를 그때도 이길 수 없었고, "지금도" 이길 수 없다고 시인은 털어놓는다. 무슨 뜻일까. 어머니는 언제나 시인이 뒤쫓아야만 하는, 저 앞에 가는 존재였다. 저 앞의 어머니를 아들은 뒤따른다. 어머니가 버스에 태워 먼저 보내려 해도 아들은 굳이 "어머니 뒤따라" 집에 온다. 그렇게 정직하게 어머니 뒤를 따라온 아들은, 그러나, 아무리 애써도 어머니를 앞서가지 못한다. 어머니의 기품, 어머니가 삶을 통해 쌓아올린 품격을 아들은 앞으로도 오랫동안 배워야 한다고 느끼는 것이 분명하다.

그러나 기품은 한갓 스타일이 아니다. 폼이 아니다. 기품은 상처의 골짜기에서 상처의 그늘을 이겨내며 피는 꽃이다. 그러므로 상처가 없으면 기품이 아니다. 눈물을 품지 않으면 기품이 아니다. 그리고 언젠가 한번, 그 '가슴속 큰 눈물'은 '큰 울음'이 되어 쏟아질 것이다. 시인은 일생일대의 큰 울음을 우는 사내를 보았다.

비우지 않고
소리 채울 수 없다지만
버리지 않고
크게 울 수 없다지만

—「노래」 부분(이하 같은 시)

크게 울려면 비워야 하고, 버려야 한다. 비우고 버린 자만이 크게 울 수 있다. 이때 울음이 자기 자신을 위한 것이 아님은 명확해 보인다. 자기연민의 울음이 크게 우는 울음일

수는 없다. 그러므로 지금 우는 자는 무언가를 위해서 자기를 비운 자이고 자기를 버린 자이다. 그렇게 크게 울어 이 사내가 이루어낸 것은 무엇인가.

다들 이제 끝났다고
발길 돌릴 때
혼자 기어코 울어버린 사내를 위해
노랠 불러야겠네
저 넘쳐나는 눈물 불러온 경계 위에서
오늘, 기어코 노랠 불러야겠네

시인은 한 사내가 크게 운 이유가 "저 넘쳐나는 눈물 불러온 경계"에 있다고 암시한다. 우리를 갈라놓은 장벽, 마음의 가시철조망이 미워서 사내는 크게 울었던 것일까. 그 경계를 넘어서자고 마지막 목숨의 물기를 다 모아 크게 울었던 것일까. 시인은 "너를 위해/처음부터 비우고/나를 위해 마지막까지 울어버린/한 사내를 위해" 노래를 부른다. 그런데 그렇게 노래 부르면서 시인은 또 그런 자신을 부끄러워하는 것일까.

내 노래, 아무도 듣지 않았으면 좋겠네

노랫소리가 아름답지 않다고 느껴서 그런 것일까, 노래하는 마음을 이해받지 못할까봐 그런 것일까. 아무도 모르게 부르는 노래이지만, 그 노래가 크게 운 사내를 위한 노래라면, 그리고 그 사내가 모든 것을 버리고 비워서 운 것이라면, 시인의 노래는 다른 사람이 들어도 무방한 노래일 것이다. 아니, 다른 사람에게 들려 마땅한 노래일 것이다. 시인은 크게 우는 울음의 가치를 알고 있다. 그러므로 마음속에 가득 찬 눈물을 큰 울음으로 울어 내보낼 날이 그에게 올지도 모른다. 그때의 울음은 틀림없이 공의로운 울음일 것이다. 시인은 "한겨울 대청봉"에 올라 말한다.

백척간두란
허공에 한 발짝 내딛는 거라네

—「백척간두」 부분

세상에서 가장 두려운 것이 백척간두 아스라한 꼭대기에서 '진일보'하는 것인데, 그렇게 한 발 내딛는 즉시 허공인 줄 알았던 곳이 단단한 땅이었음이 드러난다. 그 순간이 "성불(成佛)"의 순간이다. 그 성불의 모습을 시인은 이렇게 묘사하기도 한다.

후천개벽 밀지 배꼽에 숨겨놨다는

선운사 마애불 앞
수령 미상 늙은 소나무

벼락에 취했나 하늘로 치솟다
뽑혀버린 어깻죽지에
심원 앞 바닷바람 불러
흙먼지 두껍게 앉힌 뒤
참나무 데려다 동거하는 늦가을

—「성불」 부분

여기에도 상처가 있다. 그러니까 어깻죽지가 찢겨나간 소나무가 그 자리에 참나무를 데려다 동거하는데, 그 모습이 바로 부처가 아니고 무엇이랴. 그것이 "이 시대의 사랑"(「즐거운 추억」)이 아니고 무엇이랴. 상처 속의 기품, 상처 속의 성불을 선운사 늙은 소나무는 보여준다. 소나무의 진리를 알기 때문에 시인은 웃는다. 시는 눈물의 열매, 슬픔의 응결이지만, 그 노랫가락 위로 부처의 웃음이 뜬다. 슬픔의 힘이 피워낸 부처의 웃음, 그 웃음을 시인은 웃는다.

高明燮 | 시인, 한겨레 기자

| 시인의 말 |

시로부터 스스로를 유폐시킨 시간이 멀고 무겁다. 돌아갈 생각을 하니 아스라하다. 나는 상처난 시간을 믿기로 한다.

2011년 12월

고광헌

창비시선 339

시간은 무겁다

초판 1쇄 발행/2011년 12월 5일
초판 5쇄 발행/2020년 10월 2일

지은이/고광헌
펴낸이/강일우
책임편집/전성이
펴낸곳/(주)창비
등록/1986년 8월 5일 제85호
주소/10881 경기도 파주시 회동길 184
전화/031-955-3333
팩시밀리/영업 031-955-3399 편집 031-955-3400
홈페이지/www.changbi.com
전자우편/lit@changbi.com

ISBN 978-89-364-2339-1 03810

* 이 책은 한국도서관협회가 선정한 우수문학도서로 기획재정부복권위원회의
복권기금을 지원받아 무료로 제공합니다.(참조: www.for-munhak.or.kr)

* 책값은 뒤표지에 표시되어 있습니다.